U0929002

朱湘与他的诗

朱湘 著

山东城市出版传媒集团·济南出版社

图书在版编目（CIP）数据

朱湘与他的诗 / 朱湘著. -- 济南 : 济南出版社，
2017.11（2021.7重印）
（读诗吧）
ISBN 978-7-5488-2867-9
Ⅰ. ①朱… Ⅱ. ①朱… Ⅲ. ①诗集－中国－现代
Ⅳ. ①I226

中国版本图书馆CIP数据核字（2017）第286422号

出 版 人　崔　刚
责任编辑　李建议　雷　蕾
责任校对　陈　获
装帧设计　李梦肖
出版发行　济南出版社
地　　址　济南市二环南路1号
编辑热线　0531-67883204
发行热线　0531-86131728　86922073　86131701
印　　刷　阳信龙跃印务有限公司
版　　次　2017年11月第1版
印　　次　2021年7月第2次印刷
成品尺寸　150mm×230mm　16开
印　　张　9.75
字　　数　103千
印　　数　1—10000册
定　　价　39.00元

诗歌在中国历史上源远流长，绵延数千年，它犹如一颗颗璀璨的星，为你照亮过去，你可以肆意地徜徉在诗歌的长河中，感受世间美好。早在西周至春秋时代，我国诗歌就已产生了大批辉煌篇章，从先秦时期的《诗经》、战国后期的楚辞（骚体）、汉代的“乐府”诗，到诗歌黄金时代的唐诗宋词，一句句、一首首，无不诉说着诗人的家国情怀，或壮志凌云，或豪气冲天，或委婉悠扬，又或者更像是某人的细细耳语。诗人其实是告诉我们在人生成长道路上“勿忘初衷”，别忘了自己曾有一颗纯真“诗心”。

其实每个人的身体里都住着一个爱读诗的灵魂，只是我们在忙碌中总将它遗忘。《读诗吧》系列读物存在的意义就是为了唤醒国人沉寂已久的“诗魂”，就像央视节目《中国诗词大会》命题人之一方笑一先生在节目结束后说：“诗词的盛宴终将散去，激烈的比赛终将落幕，接下来正是翻开书卷，静心读诗的时候了。”

自1917年开始，《新青年》发表胡适的《白话新诗八首》作为中国新诗的开端，新诗的发展已有百年。自此以后与古体诗相对应的新诗这一诗歌形式便不断发展，形成了不同的诗歌流派，按照新诗发展的历史，我们邀请相关专家精选我国现当代文学史上具有巨大影响力的诗人的代表作，凝聚成《读诗吧》系列。我们怀着一份敬畏、一份使命，希望将这些经受住一次次严格的检验和磨洗之后的作品传承下来。

首先，我们精选了胡适、闻一多、戴望舒、徐志摩、林徽因等七位新诗诗人的经典名作。优中选优，为读者奉上第一季的书目。

其次，本套丛书将按照“诗人与诗”的编写体例，摘录诗人的生平资料，选用诗人各时期珍藏的图片，置入书中，与所选诗篇形成呼应和对比，让读者更近距离地了解诗人和理解诗歌内容。

再次，为丰富读者多层次的阅读需求，加入“朗读者”，邀请专业配音人员，以诗配乐朗读的形式呈现部分经典名篇，扫描二维码即可收听。并在书末加上了“诗抄”，形成了可读、可听、可写的新型诗集读本。

希望《读诗吧》能成为现代社会一股清流，充当起心灵导师的作用，并引导我们重新审视自己的生活，看看我们是否距离经典、距离文字太远了？

文字的力量，久违了。就让我们在一个慵懒的午后，看庭前花开花落，望天上云卷云舒，泡一杯陈年普洱，相约《读诗吧》，重新体会它、感受它……

目 Mu Lu 录

关于 诗人

关于 诗

朱湘

Zhu Xiang

关于 诗人

一世漂泊，诗心相随

——论朱湘其人其诗

宋文静/文

朱湘，现代文学史上对新诗做出卓越探索和贡献的诗人，在清华读书时期，与饶孟侃、孙大雨和杨世恩并称为“清华四子”，被誉为“中国的济慈”。朱湘生于1904年，1933年投江自尽，在不足三十年的人生岁月里，留下了诗歌、诗论、译诗若干，也留下了一个个性鲜明、特立独行的人物形象。

朱湘自幼丧母，十岁丧父，由兄嫂抚养长大。童年父母的缺失，使他的心灵没有安全感，一直处于漂泊无依的状态，他的个性也或多或少受此影响。他与妻子刘霓君的婚姻时好时坏，最终散作烟云。贫穷是伴随他一生的关键词，让他在有限的生命里潦倒、无助。他的诗人性情、诗歌造诣，使其在诗的海洋里尽情徜徉。

“完全的诗人”“诗人中的诗人”，朱湘的友人对其如是称道。此话不假。

一、性情：纯粹的诗人气质和深不见底的落寞

用什么词汇来描述诗人朱湘的个性？

诸多前辈后生有着几近相同的认识：特立独行、孤高、暴烈、怪癖、阴郁、强烈的自尊和反抗意识……是啊，他太不同了，眼睛里揉不得沙子，看不惯的事情一定要表达出来，而且要以一种决绝的态度来表达。

在清华读书期间，他因为不满于学校早上吃饭时的点名制度，多次故意迟到而被记了大过，最后被清华校园开除。他给好友的信中如是描绘："人生是奋斗的，而清华只有钻分数；人生是变换的，而清华只有单调；人生是热辣辣的，而清华只是隔靴搔痒。"他在美留学期间，因不能忍受教授对中国人的污蔑及对他人格的侮辱而愤然离开。回国之后，朱湘前往国立安徽大学教书，因学校将"英文文学系"改为"英文学系"一事大为恼火，与校领导起了争执，最终丢掉了这份工作。

同时，他确乎与世人都处不好关系。他与闻一多、徐志摩等新诗重要人物有嫌隙，他曾说胡适的《尝试集》是"内容粗浅，艺术幼稚"，哪怕与自己的好友罗有生等人也是保持着时好时坏的关系。

他是傲慢的，猖獗的，其实，骨子里住着的是异样敏感的孩子。

说到底，他太不圆滑。见不得遮掩，受不了欺瞒和虚假。他自己也认识到这一点了，他在给妻子信中说："我们这一家子就是吃亏在性子太犟，我们这一家人从大如我父亲，到小如我自己，做事都能认真。"朱湘认的是死理儿的那个真，这世界假不得，恶不得，丑不得。假了恶了丑了，他就要反抗和咆哮。

这一点，像极了屈原。几千年前的屈子在江畔行吟，"举世混浊唯我独清，众人皆醉我独醒""安能以身之察察，受物之汶汶者乎？"朱湘最后投江自尽，不得不说是对屈子的一个呼应和效仿。

睁一只眼闭一只眼，他做不到的。阿谀、谄媚，也与他无缘。同时，他又是率性的。这股子率性为诗人所特有，于是，他写道：

好的是童年，不分善恶、美丑——
既要踏新鲜的感觉于水田。
也要不在人造的一切内守，
去滩上，去坪内吸蓝的新鲜；
美丑分辨得清楚，成年也好——
该喜欢的时候喜欢，该恼，恼。

好一个“该喜欢的时候喜欢，该恼，恼”，世上又有几人能洒脱成这般？

无疑，他是纯粹的——属于诗人气质的纯粹。

这样的人，注定了要在现实中四处碰壁，艰难跋涉。他苦闷、伤怀，一次次的愤然，他无法与这个世界握手言和。在诗作《我的诗神》里，他写道：

我弃了世界，

世界也弃了我

……

给我诗，鼓我的气，替我消忧。

唯有诗歌，与之互不相弃。内心深不见底的落寞，无人知悉的苦闷，怕是要一直伴着他了，从生，到死。

二、爱情：似是似非，消散如烟

读过《海外寄霓君》的人，恐怕要对朱湘与妻子刘霓君的感情艳羡不已。这本书信集，与鲁迅致许广平的《两地书》、徐志摩致陆小曼的《爱眉札记》、沈从文致张兆和的《湘竹书简》，并称为新文学史上四大情书经典。从信中，我们可以看到朱湘浓烈的爱意：

> 我如今凭了最深的良心告诉你，你有爱情，你对我有最深最厚的爱情，这爱情就是无价之宝。
>
> 霓妹我的爱人，我希望这四年快点过去，我好回家抱你进怀，说一声："妹妹，我爱你！我永远爱你！"
>
> 妹妹，你的信我都好好收起，注明号码。哪封是哪天发的，哪天到，我都写得明明白白，好带回家去。我们肩并着肩从头细看，细数这五年的离情别意。
>
> 我们两人的爱情是天长地久，同偕到老。

一片对生活和美的想象，满腔的呼之欲出又浓稠的想念，恨不能立时三刻见到对方，将其拥入怀中，生生世世不分离。

爱情的美好恰巧就在于这番憧憬，光鲜，绚丽，温濡，甜腻，绵软，到头来才知是想象造了假，一切不过是海市蜃楼。

在友人对朱湘的回忆中，大家都知道朱湘夫妻感情不和，经常闹口角，乃至是大打出手。他们二人是指腹为婚，朱湘本对此耿耿于怀，后来与彩云（其妻刘霓君结婚前叫作刘彩云）见过几次面之后，产生了同病相怜之感，遂与之结婚。结婚仪式是由朱湘长兄主持，长兄要他行跪拜之礼，他不依，只肯鞠躬三下。于是，长兄晚上大闹新房，把象征吉祥美满的喜烛打成两截，他当晚愤然离开大哥家。这断掉的喜烛，是对朱湘婚姻的一个暗示。

结婚之后，在细水长流的生活中才知彼此性格不投。朱湘出国留学时，二人育有一儿一女，于是，妻子刘霓君在家照管孩子，维持生计，朱湘则在海外求学，《海外寄霓君》便是此时所作。相隔万里，浓情蜜意。

朱湘提前归国，据说也有思家心切的缘故。朝思暮想的回归终于实现，却远不是想象中的美好。

他在国内艰难谋得教职，之后又与校方闹僵，失去工作，经济上陷入困顿。有句老话用在朱湘夫妇身上很贴切——贫贱夫妻百事哀。作为妻子的刘霓君，不可能完全理解朱湘，甚至是不理解，她免不了抱怨和争吵，直指丈夫的无能。

一次次的吵闹，把最痛最狠的话撂出来，哪儿疼挖哪儿，两个人伤痕累累。所谓的爱情，早已消耗殆尽，杳杳远去。

这个家，这个爱人，给不了朱湘温暖和踏实。漂泊的心继续漂泊，注定一直漂泊。

叙事长诗《王娇》中有这样的句子：

一阵红潮上来，
忽睁眼皮，
接着喉咙里发响声，沉寂——
颤摇的影子在墙上面移。
……
三十年的夫妻终得分开，
在冷雨凄风里就此葬埋；
爱随她埋起了，苦却没有，
苦随了春寒依旧每年来。

这首爱情叙事诗，有人称是朱湘为妻子所作。

朱湘死后，据说妻子刘霓君遁入空门，一双儿女被送走；也有说其靠裁衣等工作艰难维持生计。

朱湘死后，刘霓君终生未改嫁。

三、境遇：当贫穷成为生活的底色

可以说，朱湘的一生都在与“穷”打交道。

幼时失去双亲，家道中落，后来去清华上学，全靠嫂嫂扶持接济。在清华读书毕业时，欠下的伙食费和针线钱是朋友替他出的。穷得没办法的时候，他也会做一篇关于《屈原》的考究文章，想在清华学报上换点口粮。出国之后，他在外租最便宜的房子，不管洗澡多少次，衣服上总有味道，被外国同学所耻笑。彼时，他每月省出40元寄给妻儿。

他本指望着卖文赚钱，期冀于出书、赚取稿费，在给妻子的书信中也表明了此想法，并且持乐观态度。谁料，归国之后的朱湘，穷困依旧与他相伴相随。

丢了国立安徽大学的教职之后，他为了生计四处辗转却毫无收获，文章发表也是屡屡碰壁，更不要提出版诗集。他失掉了经济来源，刚出生的小儿子因没有营养供给而夭折。

因为贫穷，他曾被轮船上的茶房押着去找朋友求解脱；因为贫穷，他曾被旅社扣押，只能写信向友人“求救”。

直到至前，他亦是为了生计发愁。他跟二嫂借了十元作旅费，从上海到南京。快到南京的时候，一跃跳入江中。有人扔救生圈施救，他没接，他一心求死。死之前喝下的半瓶酒，据说是亲人接济和妻子打工所得。

何其辛酸！

穷，太可怕了。它逼迫着一个才情兼具的诗人，去抗争，抗争又无效。

如此这般，他还是没有学会与人交往、自保或是攀升的那一套，还是变不了自己的本性。倘使他事事不那么“认真”，与人交好，收敛些许自个儿的性子，恐怕也不至于沦落到这般境地。

但，他没有学会，也不去改变。他怎么会变呢，他是朱湘呀。

关于他的死，众人猜测种种缘由。贫穷肯定是其一，甚至是首当其冲。

他有一首诗叫《残诗》，如是写道：

虽然绿水同紫泥，
是我仅有的殓衣。
这样灭亡了也算好呀，
省得家人为我把泪流。
一语成谶。
悲哉，痛哉！

四、诗歌：永远的一方净土

诗歌对于朱湘而言，意味着什么呢？

早在清华读书的时候，朱湘几乎连饭都吃不起，却要凑钱办一个刊物《新文》，专门刊登他自己的诗作和诗论。出国留学，提前归国，他给妻子的信中说，“博士学位任何人经过努力都可拿到，但诗非朱湘不能写。”

瞧他这几分可爱的狂傲，顽固的笃定。

柳无忌在回忆朱湘的时候谈到："穷是我们那时共同的苦处。有时拿几件破衣服去换栗子，喷香的栗子，一边吃一边谈诗，那便是我们最快乐的时辰。"

穷诗人谈诗，穷并富有着。

有了诗，瑟缩的生活雀跃起来。

在困顿的生活境遇里，毋宁说，朱湘在诗歌里找寻一片宁静，那里是世外桃源和乌托邦，给予诗人以温暖和安宁。哪怕是一场虚幻。

诗歌之于朱湘，是执拗的坚持，是信仰，是意义，是关怀，是慰藉，是价值所在，乃至是生命。

朱湘写诗，也有诗论。他认为新诗发展应朝向两个方面：一是走向民族化，向古典诗歌学习；二是学习西方的"真诗"和诗律学。正是所谓的融汇中西。其诗作中，也在实践着这一诗歌美学。

葬我在荷花池内
耳边有水蚓拖声，
在绿荷叶的灯上，
萤火虫时暗时明

——《葬我》

诗歌空灵，净美，清逸而非无病呻吟。他的诗歌也具有音乐美，如《采莲曲》：

小船啊轻飘，
杨柳呀风里颠摇；
荷叶呀翠盖，
荷花呀人样娇娆。
日落，
微波，
金线闪动过小河，
左行，
右撑，
莲舟上扬起歌声。
……

他写过清新飘逸的诗，如《小河》《宁静的夏晚》《等了许久的春天》；亦有精神苦闷之作，还有爱国诗歌，如《招魂辞》，等等。

朱湘生前只出版过两本诗集，《夏天》和《草莽集》。其后创作的诗歌，因无出版社“接洽”而被搁浅。直至他死后，在友人的帮助下，他的诗集、书信集和评论才得以完全出版。

纵观朱湘的一生，诗歌，化作其生命肌理。他几近固执地坚持着他对诗的信仰，他作为诗人的人生信条。现实与诗歌相比起来，显然是后者对朱湘更为仁慈，那是一方净土。也正是由于那种属于诗人的气性的坚持，才使他在现实中屡屡碰壁，郁郁不得志。

朱湘还是个孩子吧，骨子里恰是如此。炽热、浓烈，也孤傲、猖狂。

他就这样。一生如此。

漂泊着，挣扎着。

Zhu Xiang

朱湘

关于诗

废　园

有风时白杨萧萧着，
无风时白杨萧萧着；
萧萧外更听不到什么。

野花悄悄地发了，
野花悄悄地谢了；
悄悄外园里更没什么。

（大家诗歌典藏馆　提供）

诗人朱湘。

朱湘原籍安徽省太湖。1904年，朱家迁居湖南沅陵县，就在这年秋天，家中降生了一个男婴，因为风光神秘秀丽的湘江和沅水，父母为他取名朱湘，希望他既有水的灵秀、清澈，又有水的气魄和力量。

春

　画师的
一夜里春神轻拂雨丝的毛笔，
将大地染成了一片绿绢，
绢上画了一幅彩画；
海，伊的笔洗，也被伊搅起绿波了。
　农人的
秧田边一阵田鸡叫，
小二倒骑着水牛
高唱着秧歌的回来了。
　乐师的
蜜蜂嗎嗎将心事诉了，
久吻着含笑无言的桃花；
春风偷过茅篱
窸窣的，蜜蜂嗡的惊起了。
　恋人的

你的眼珠是我的碧海，

你的双靥是我的蔷薇，

你的笑声是我的鸟鸣。

我的蔷薇呵，

生在我的心地上：

我的心地上是不老的青春！

弃妇的

春来了，

——但他却没来，

微雨阴阴，

这正是他踏落花西去之后。

小河，你活活的说些什么？

你是从他那里来的？

囚犯的

绿草没来这里，怕伤他的心。

屋里漆黑：他的日头已经落了。

老人的

好暖的阳光！

他慢腾腾地挪出了个小杌子。

皱脸上添些笑纹，
他看着河里两个泥水满脸的孩子：
他的春天回来了。
  孤女的
林蕙的新衣真绿的可爱呵！
我也去掐片绿草罢。
  诗人的
素娥深居于水晶宫内；
  浓柳荫关不住夜莺赞颂的歌声，
  紫地丁梨树俯首默祷的影子落在黄色新茵上，
  长的短的。
看哪！那耀眼的不是月泪？

明日里这些泪珠，一粒里将长出一朵鲜花，
枝呵，茎呵，你们真有福分！
  就是柳荫下朦胧小草，他们也看见一团团银波
  相招，要引他们到彼岸，在那里白雾的垂帷后
  安息。

小　河

白云是我的家乡，
松盖是我的房檐，
父母，在地下，我与兄姊
并流入辽远的平原。

我流过宽白的沙滩，
过竹桥有肩锄的农人，
我流过俯岩的下面，
他听我弹幽涧的石琴。

有时我流的很慢，
那时我明镜不殊，
轻舟是桃色的游云，
舟子是披蓑的小鱼。

有时我流的很快，
那时我高兴的低歌，
人听到我走珠的吟声，
人看见我起伏的胸波。

烈日下我不怕燥热：
我头上是柳荫的青帷；
旷野里我不愁寂寞：
我耳边是黄莺的歌吹。

我掀开雾织的白被，
我披起红縠的衣裳，
有时过一息轻风，
纱衣珧帘般闪光。

我有时梦里上天，
伴著月姊的寂寥；
伊有水晶般素心，

吸我腾沸的爱潮。

草妹低下头微语：
“风姊送珠衣来了。”
两岸上林语花吟，
赞我衣服的美好。

为什么苇姊矮了？
伊低身告诉我春归。
有什么我可以报答？
赠伊件嫩绿的新衣。

长柳丝轻扇荷风，
绿纱下我卧看云天：
蓝澄澄海里无波，
徐飘过突兀的冰山。

西风里燕哥匆别，
来生约止不住柳姊的凋丧。

剩疏疏几根灰发，
——云鬓？我替伊送去了南方。

我流过四季，累了，
我的好友们又都已凋残，
慈爱的地母怜我，
伊怀里我拥白絮安眠。

“

1917年夏天，朱湘高小毕业后考入省立第一工业学校预科。他在入学之初写的一篇《言志》课卷中说，将来学业完成后，在从事职业之外的闲暇时间里，要做一点诗，读一点文……在工业学校预科就读期间，朱湘就表现出超众的文学才华和语言天赋，他的国文和英语都很出色。

——孙基林《漂泊的生命·朱湘》

”

宁静的夏晚

黑树影静立在灰色晚天的前面，
哑哑争枝的鸟啼已经倦的低下去了。
炊烟炉香似的笔直升入空际，
远田边农夫的黑影扛着锄头回来了。

这时候诗人虔诚的走到郊外，
来接受静默赐给他的诗思；
伊们是些跳动的珠形小白环，
他慢慢地将伊们绣在晚天的黑色薄纱上了。

等了许久的春天

我仿佛坐在一只船上，
摇过了灰白单调的荒岸，
现在淌入一片鸟语花香的境地；
我的船仿佛并未前进，
只看见两行绿柳伸过来，
一霎时将我抱进了伊的怀里。

北地早春雨霁

太阳只是灰云上一个白盘罢了，
他的光明却浸透了清朗的空中，
反映在地上雨水凹的上面。
黑干赭条的柳树安闲地立着，
仿佛等候着什么似的。
远近四处听到无数争喧的鸟声，
河水也活活起来了。

寄一多基相

我是一个惫怠的游人，
蹒跚于旷漠之原中，
我形影孤单，挣扎前进，
伴我的有秋暮的悲风。

你们的心是一间茅屋，
小窗中射出友谊的红光；
我的灵魂呵，火边歇下罢，
这正是你长眠的地方。

回　忆

纸窗下恬静的油灯，
室腰明，顶作圆形；
灯罩边仰首青年
神游于圆影的中心。

饽饽的要呼远闻；
上房中假哭着阿鲲；
晚饭菜厨下炒着，
好一片有望的声音。

——那时间无虑无忧，
如今呵变了逃囚。
但仍亮你的，油灯，
你的圆仍可神游。

南　归

我是一只孤独的雁雏，
朔方冰雪中我冻的垂死；
忽然一晨亮起友情的春阳，
将我已冷的赤心又复暖起，

我的双翼回温而有力，
仿佛雪中人入了炭盆的室中；
已毙的印象复活于眼前，
又如走马灯上的人物憧憧。

我还不乘此奋飞而南，
飞回我梦中不敢思念的家乡？
虽说早春还有吼空的刀风，
那痛快之死不比这郁结之生远强？

许久朋友们一片好意，
他们劝我复进玉琢的笼门，
他们说带我去见济慈的莺儿，
以纠正我尚未成调的歌声。

殊不知我只是东方一只小鸟，
我只想见荷花荫里的鸳鸯，
我只想闻泰岳松间的白鹤，
我只想听九华山上的凤凰。

北地的玄冰吸尽我的热力，
我更无力量去大气里遨游，
在江南我虽或仍无奋飞的羽毛，
江南本身就是一片如梦的温柔。

江南的山鲜艳如出浴的美人，
这里的永远披着灰土的旧衣；
江南的水仿佛高笑的群儿，
这里的只是一个羸童寂寞的独嬉。

江南夏日有楼荫下莫愁湖荷，
一足的白鹭立于柳岸的平沙，
蝉声渡过湖水，声音柔了：
归去罢！江南正是我的故家。

江南秋天有遮檐的桂树，
争蜜的蜂声仍噪于黄花之丛间；
江南冬季有浮于溪面的梅馨：
归去罢！江南正是我的故园。

和暖的春阳在江南留恋，
有如含情之倩女莲步舒徐；
伊在这里迫于狂徒般匆匆归去：
随了伊归去罢！江南正是我的故居。

岁月流的真快，转瞬又到炎夏，
归去同游罢！艺术的燕燕，
归去同游罢！雏鹰与慈鸟：
这地方不可久恋……

小河（又一章）

海是我的母亲，

我向伊的怀里流去。

一日，

伊将抱着我倦了的身子，

摇着，

哼着催睡的歌儿；

我的灵魂将化为轻云，

飘飘的腾入空际，

——而又变形的落到地上，

被伊的爱力吸落到地上了。

阴阴春雨中

远处的泉声活活了。

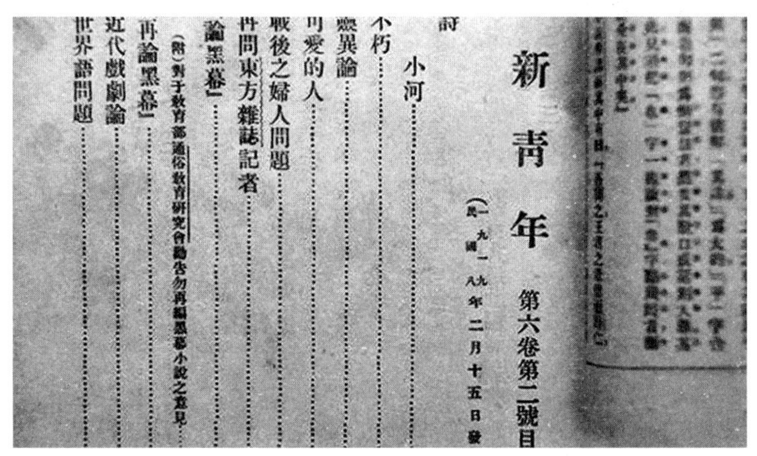

新青年 第六卷第二號目

(一九一九 民國八年 二月十五日發

詩

小河

不朽

靈異論

可愛的人

戰後之婦人問題

再問東方雜誌記者

論黑幕

(附)對于教育部通俗教育研究會勸告勿再編黑幕小說之意見

再論黑幕

近代戲劇論

世界語問題

《新青年·小河》

《小河》发表在《新青年》第六卷，日期为1919年2月25日。

雨　景

我心爱的雨景也多着呀：
春夜梦回时窗前的淅沥；
急雨点打上蕉叶的声音；
雾一般拂着人脸的雨丝；
从电光中泼下来的雷雨——
但将雨时的天我最爱了。
它虽然是灰色的却透明；
它蕴着一种无声的期待。
并且从云气中，不知哪里，
飘来了一声清脆的鸟啼。

十三，十一，二二。

葬 我

葬我在荷花池内，
耳边有水蚓拖声，
在绿荷叶的灯上
萤火虫时暗时明——

葬我在马缨花下，
永做着芬芳的梦——
葬我在泰山之巅，
风声呜咽过孤松——

不然，就烧我成灰，
投入泛滥的春江，
与落花一同漂去
无人知道的地方。

十四，二，二。

哭孙中山

猩红的血辉映着烈火浓烟；
一轮白日遮在烟雾的后边；
杀气愁云弥漫了太空之内，
五岳三河上已经不见青天。

革命之旗倒在帝座的前方，
帝座上高踞着狞笑的魔王；
志士的头颅替他垒成脚垫，
四海哀呼，同声把“圣德”颂扬！

国体上的革命未能作到底，
便转过来革命自家的身体；
哪知病魔的毒与恶魔相同，
我国的栋梁遂此一崩不起。

谁说他没有遗产传给后人？
他有未竟之业让大家继承。
他留下玻璃棺样明的人格；
他留下肝癌核样硬的精神。

让伟大的钟山给他作丘垄，
让深宏的江水给他鸣丧钟。
让他为国事疲劳了的筋骨，
永息于四十里围的佳城中。

哭罢：因为我们的国医已亡。
此后有谁来给我们治创伤？
病夫！你瞧国医都死于赘疣，
何况你的身边有百孔千疮？

哭罢！让我们未亡者的哭声
应答着郊野中战鬼的哀音。
哭罢！因为镇鬼的钟馗已丧，

在昆仑山下魑魅更要横行。

但停住哭！停住五族的嘘唏！
听哪：黄花岗上扬起了悲啼！
让死者的英灵去歌悼死者，
生人的音乐该是战鼓征鼙！

停住哭！停住四百兆的悲伤！
看哪：倒下的旗已经又高张！
看哪：救主耶稣走出了坟墓，
华夏之魂已到复活的辰光！

十四，四，一。

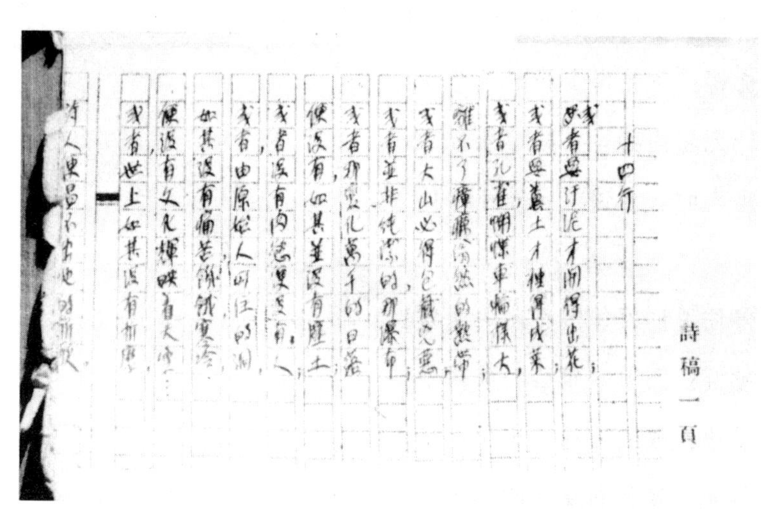

（大家诗歌典藏馆　提供）

朱湘诗稿。

1919年9月，15岁的朱湘来到了清华园，生活掀开了崭新的一页。1921年，清华园诞生了第一个文学社团组织——清华文学社，就是在社团的氛围中被激发起诗的热情。1922年，朱湘在文学研究会出版的《小说月报》第13卷上，第一次发表了他最初创作的诗《废园》《荷叶》《死》《地丁》《春》等5首作品。随之，他又陆续发表了关于英国诗人的译诗，“从而叩开了庄严的文学殿堂之门”。

弹三弦的瞎子

城市寂寥的初夜，
他的三弦响过街中。
是一种低抑的音调，
疲倦的申诉着微衷。

路灯黄色的光下，
有幻异的长影前横；
说不定他未觉到罢，
也说不定眼前一明。

寒气无声的涌来，
围起他单薄的衣裳，
他趁着心血尚微温，
弹出了颤鸣的声浪。

三弦抖动而呜咽，
哀鸣出游子的心胸。
无人见的暗里飘来，
无人见的飘入暗中。

十四，五，三。

有　忆

　淡黄色的斜晖
转眼中不留余迹。
一切的扰攘皆停，
一切的喧嚣皆息。

　入了梦的乌鸦
风来时偶发喉音；
和平的无声晚汐，
已经淹没了全城。

　路灯亮着微红，
苍鹰飞下了城堞，
在暮烟的白被中
紫色的钟山安歇。

寂寥的街巷内，
王侯大第的墙阴，
当的一声竹筒响，
是卖元宵的老人。

十四，五，十五。

答　梦

我为什么还不能放下?
因为我现在漂流海中,
你的情好像一粒明星
垂顾我于澄静的天空,
　吸起我下沉的失望,
　令我能勇敢的前向。

我为什么还不能放下?
是你自家留下了爱情,
他趁我不自知的梦里
顽童一样搬演起戏文——
　我真愿长久在梦中,
　好同你长久的相逢!

我为什么还不能放下?

“

文学是一切的伟大、奇特、繁复的体验的记载的总和，无论何人，只要识字，便能由文学中取得他的好奇心所渴望的，一个充量的满足——一个优美的充量的满足，远强似那种不道德的去刺探邻家的隐情，远强似那种既不全真亦不甚美的报纸上的新闻。

——朱湘《为什么要读文学》

”

我们没有撒手的辰光：
好象波圈越摇曳越大，
虽然堤岸能加以阻防，
　湖边柳仍然起微颤，
　并且拂柔条吻水面。

情随着时光增加热度，
正如山的美随远增加；
棕榈的绿荫更为可爱
当流浪人度过了黄沙：
　爱情呀，你替我回话，
　我怎么能把她放下？

十四，五，十九。

有一座坟墓

　有一座坟墓，
坟墓前野草丛生；
　有一座坟墓，
风过草像蛇爬行。

　有一点萤火，
黑暗从四面包围；
　有一点萤火，
映着如豆的光辉。

　有一只怪鸟，
藏在巨灵的树荫；
　有一只怪鸟，
作非人间的哭声。

有一钩黄月，
在黑云之后偷窥；
有一钩黄月，
忽然落下了山隈。

十四，八，十七。

热　情

忽然卷起了热情的风飙，
鞭挞着心海的波浪，鲸鲲；
如电的眼光直射进玄古；
更有雷霆作嗓，叫入无垠。

我们问，为什么星宿万千，
能够亘古周行，不相妨碍？
吸力，是吸力把它们牵住——
吸力中最强的岂非恋爱？

这无爱的地球罪已深重，
除去毁灭之外没有良方。
我们把它一脚踢碎之后，
展开双翼在大气内翱翔。

我们的热情消融去冰冻，
苏醒转月宫的白兔，桂花，
我们绑起斫情根的吴刚，
一把扔去填天狼的齿牙。

我们发出流星的白羽箭，
射死丑的蟾蜍，恶的大狗。
我们挥彗星的筱帚扫除，
拿南箕撮去一切的污朽。

我们把九个太阳都挂起，
一个正中，八个照亮八方：
我们要世间不再有寒冷，
我们要一切的黑暗重光。

我们拿北斗酌天河的水，
来庆贺我们自己的成功。
在河水酌饮完了的时候，

牛郎同织女便永远相逢。

欢乐在我们的内心爆裂，
把我们炸成了一片轻尘，
看那，像灿烂的陨星洒下，
半空中弥漫有花雨缤纷！

十四，八，二四。

少年歌

　我们是小羊，
跳跃过山坡同草场，
　提起嗓子笑，
撒开腿来跑：
活泼是我们的主张。

　我们是山泉，
白云中流下了高岸；
　谁作泾的溷
　流成渭的清，
才不愧我们的真面。

　我们恨暮气，
恨一切衰朽的东西。

朱湘在清华园初期的生活是平静悠闲的，就像他早期诗作《荷叶》中的那只在夏日的骄阳里不曾晒到的“荷梗上的蜻蜓”一样，在清华园这片巨大的荷叶里栖息。但清华园的生活渐渐让朱湘感觉寂寞、苦闷，从《寄一多基项》《等了许久的春天》等作品中，可以形象地感受到朱湘的心理情境。1923年，朱湘因为记满了三次大过被开除学籍。1924年早春，朱湘回到了江南故园。

我们要永远
热烈同勇敢，
直到死封闭起眼皮。

我们是新人，
我们要翻一阕新声。
来呀，搀起手，
少年歌在口，
同行入灿烂的前程！

十四，九，十一。

情　歌

在发芽的春天，
我想绣一身衣送伶，
上面要挑红豆，
还要挑比翼的双鸳——
但是绣成功衣裳，
已经过去了春光。

在浓绿的夏天，
我想折一枝荷赠伶，
因为我们的情
同藕丝一样的缠绵——
谁知道莲子的心
尝到了这般苦辛？

在结实的秋天，

我想拿下月来给怜，
　代替她的圆镜
映照她如月的容颜——
　可惜月又有时亏，
　不能常傍着绣帏。

　如今到了冬天，
我一物还不曾献怜，
　只余老了的心，
像残烬明暗在灰间，
　被一阵冰冷的风
　扑灭得无影无踪！

十四，九，二六。

催妆曲

醒呀，从睡乡醒回，
晨鸡声厉厉在相催。
看呀，鸽子起来了，
她们在碧落里翻飞。

霞织的五彩衣裳
悬挂在弯弯月钩上；
日神也捧着金镜，
等候你起来梳早妆。

画眉在杏枝上歌：
画眉人不起是因何？
远峰尖滴着新黛，
正好蘸来描画双蛾。

杨柳的丝发飘扬，
她对着如镜的池塘；
百花是薰沐已毕，
她们身上喷出芬芳。

起呀！趁草际珠垂，
春莺儿衔了额黄归，
赶快拿妆梳理好。
起呀！鸡声都在相催！

十四，九，二八。

当　铺

美开了一家当铺，

　专收人的心；

到期人拿票去赎，

　它已经关门！

十四，十，十五。

采莲曲

小船呀轻飘，
杨柳呀风里颠摇；
荷叶呀翠盖，
荷花呀人样娇娆。
日落，
微波，
金丝闪动过小河。
左行，
右撑，
莲舟上扬起歌声。

菡萏呀半开，
蜂蝶呀不许轻来，
绿水呀相伴，
清净呀不染尘埃。
溪间

（大家诗歌典藏馆　提供）

朱湘《草莽集》封面，开明书店1927年8月出版。

《草莽集》收有朱湘于1924年冬离开清华至1926年重返清华这段时间里主要的诗作34首，标志着他“开辟了草莽的时期”。朱湘的名篇《采莲曲》收录在《草莽集》中，这首诗寄托着诗人理想化的生活。诗中的“日落，微波，金丝闪动过小河，溪间，采莲，水珠滑走过荷钱”等意象营造出一种平和雅致、清丽闲适的氛围，使人轻松愉悦，自由自在。

采莲，
水珠滑走过荷钱。
拍紧，
拍轻，
桨声应答着歌声。

藕心呀丝长，
羞涩呀水底深藏；
不见呀蚕茧
丝多呀蛹裹中央？
溪头
采藕，
女郎要采又疑犹。
波沉，
波升，
波上抑扬着歌声。

莲蓬呀子多：
两岸呀榴树婆娑，
喜鹊呀喧噪，

榴花呀落上新罗。
溪中
采莲，
耳鬓边晕着微红。
风定，
风生，
风飔荡漾着歌声。

升了呀月钩，
明了呀织女牵牛；
薄雾呀拂水，
凉风呀飘去莲舟。
花芳
衣香
消融入一片苍茫；
时静，
时闻，
虚空里袅着歌音。

十四，十，二四。

秋

宁可死个枫叶的红，
　灿烂的狂舞天空，
去追向南飞的鸿雁，
　驾着万里的长风！

十四，十一，十。

眼　珠

蝶翼上何以有双瞳?
雀尾上何以生眼睛?
　　　谁知道?
　　　谁知道
　她的眼珠呀
何以像明月在潭心?

十四，十一，十一。

残 灰

炭火发出微红的光芒，
一个老人独坐在盆旁，
这堆将要熄灭的灰烬
在他的胸里引起悲伤——
　　火灰一刻暗，
　　火灰一刻亮，
　火灰暗亮着红光。

童年之内，是在这盆旁，
靠在妈妈的怀抱中央，
栗子在盆上噼吧的响，
一个，一个，她剥给儿尝——
　妈哪里去了？
　热泪满眼眶，

盆中颤摇着红光。

到青年时，也是这盆旁，
一双人影并映上高墙，
火光的红晕与今一样，
照见他同心爱的女郎——
　竟此分手了，
　她在天哪方？
如今也对着火光？

到中年时，也是这盆旁，
白天里面辛苦了一场，
眼巴巴地望到了晚上，
才能暖着火喝口黄汤——
　妻子不在了，
　儿女自家忙，
泪流瞧不见火光。

如今老了，还是这盆旁，

一个人伴影住在空房，
他趁着残灰没有全暗，
挑起炭火来想慰凄凉——
　火终归熄了。
　屋外一声梆，
这是起更的辰光。

十四，十一，十四。

朱湘与其妻子。

回到故园后不久，朱湘的个人生活发生了很大的变化。1924年3月，朱湘依照旧约与刘彩云成婚。婚后不久，朱湘与妻子来到上海，住在宝山路附近的一条弄堂里，靠撰稿和编译国外作品微博的稿酬维持生计。在这期间，朱湘的处女诗集《夏天》于1925年1月由商务印书馆印行。在其自序中他明确宣告："朱湘优游的生活既终，奋斗的生活开始，乃检两年半来所作诗，……命名为《夏天》，取青春已过，入了成人期的意思。"

摇篮歌

春天的花香真正醉人，
一阵阵温风拂上人身，
你瞧日光它移的多慢，
你听蜜蜂在窗子外哼：
　睡呀，宝宝，
蜜蜂飞的真轻。

天上瞧不见一颗星星，
地上瞧不见一盏红灯；
什么声音也都听不到，
只有蚯蚓在天井里吟：
　睡呀，宝宝，
蚯蚓都停了声。

一片片白云天空上行，
像是些小船漂过湖心，
一刻儿起，一刻儿又沉，
摇着船舱里安卧的人：
  睡呀，宝宝，
你去跟那些云。

不怕它北风树枝上鸣，
放下窗子来关起房门；
不怕它结冰十分寒冷，
炭火生在那白铜的盆：
  睡呀，宝宝，
挨着炭火的温。

十四，十二，四。

端　阳

满城飘着艾叶的浓香，
两把菖蒲悬挂在门旁，
它们的犀利有如宝剑，
为要镇防五毒的猖狂。

这天酒里面都放雄黄，
家家无老少都拿酒尝；
儿童的额上画着“王”字，
喝不完的酒洒满一房。

孩子们穿着老虎衣裳，
粽子呀粽子，尽是呼娘，
娘，你带我瞧划龙船去，
好容易今天到了端阳！

十四，十二，十二。

月　游

我骑着流星，
度过虹桥与天河，
向月宫走近，
想瞧不老的嫦娥。

水晶的宫殿
关闭着两扇红门。
有一棵桂树，
绿叶中漏下清芬。

园里梅树下
一只兔子在捣霜；
白莲香气内
群鹅漂过了池塘。

　妙龄的宫女
还记得杨家玉环，
《霓裳羽衣曲》
悠扬在宫殿中间。

　老仆叫吴刚，
白须直垂到胸口；
　他管修树枝，
一柄斧常拿在手。

　他问知来意，
将我引进了深宫；
　在白玉座前
我见了她的面容。

　她不愁寒冷，
身披白狐的裘衣。
　夏天餐百合，

“

那年——民国十五年——我刚迈入中学，庆幸得很，朱湘先生教授我们英文会话，他以大学教授资格，肯教我们幼稚的青年，那时，我们是怎样的亲近他，感谢他呢！他的态度，是非常的和蔼可亲；他的教法，是苦口哓哓，注重比赛。那时，凡受教于他的青年，我想没有一个不深深地受了刺激，不深深地印入了他的语声与态度。当时，许多的学生，知道他的脾气特殊，然而，我们，二十几个同学，没有一个不认为他是一位可亲可范的诗人。

——一位曾在适存中学受教于朱湘的学生所写，此时的朱湘在北京仍过着一种苦行僧般的生活

”

冬天拿松子充饥。

　我呈上贽仪，
这些是海里所藏：
　大珠从龙颔，
小珠从鲛人眼眶。

　我呈上贽仪，
这些是山中所拿：
　银花鹿的皮，
还有麝香与象牙。

我呈上贽仪，
这些是地上所搜：
　珍珠梅，碧桃，
木笔，梨花，与绣球。

　我向她问道：
要是你不嫌啰唆，

我情愿晓得
你避太阳是为何?

太阳是金鸟,
九只里惟它独存,
它背着后羿,
在我的后面紧跟。

我又向她问
月亮圆缺的理由,
圆的是妆镜,
弯的是白玉帘钩。

她赠我月季,
花比美人还娇艳;
她赠我月饼,
霜作皮冰糖作馅。

象牙雕的车,

车前是一对绵羊，
　是她送我的，
让我坐着回故乡。

　我行过雪山，
行过冰川与云壑。
　像一条白龙
瀑布从峰头坠落。

　我的车翻了！
滑进了瀑流中间！
　我忽然惊醒，
月光恰落在床前。

十四，十二，二一。

日　色

　灿烂呀
金黄的夕阳：
云天上幻出扇形，
仿佛羲和的车轮
　　慢慢地
　沉没下西方。

　秀蒨呀
　嫩绿的晚空：
这时候雨阵刚过，
槐林内残滴徐堕，
　　有暮蝉
嘶噪着清风。

富丽呀

猩红的朝暾：
绛霞铺满了青天，
晓风吹过树枝间，
露珠儿
摇颤着光明。

奇幻呀
善变的夕霞：
它好像肥皂水泡，
什么颜色都变到，
又像秋
染遍了枝丫。

苍凉呀
大漠的落日：
笔直的烟连着云，
人死了战马悲鸣，
北风起，

驱走着沙石。

　阴森呀
被蚀的日头：
一圈白咬着太阳，
天同地漆黑无光，
　只听到
鼓翼的鸱鸺。

十四，十二，二三。

昭君出塞

琵琶呀伴我的琵琶：
趁着如今人马不喧哗，
　只听得蹄声嗒嗒；
我想凭着切肤的指甲，
　弹出心里的嗟呀。

琵琶呀伴我的琵琶：
这儿没有青草发新芽，
　也没有花枝低桠；
在敕勒川前，燕支山下，
　只有冰树结琼花。

琵琶呀伴我的琵琶：

“我认识朱湘，是1925年春间。那时我是上海某大学挂名的学生，他也是正在那大学代课几点钟英文……我们时常一块儿到朱湘寄住的地方去，有时请他教点英文，有时随便和他谈论一些文艺上的事业……他在那大学代课，每月大概只能拿到很可怜的几块钱。他爱穿西装，只有一套，没有看过他穿第二套。

——1925年，朱湘被引荐到上海大学代课教书，有了一份固定的收入，一位该校的青年在《关于朱湘及其它》上写到朱湘此时的生活情景”

我不敢瞧落日照平沙；
　雁飞过暮云之下，
不能为我传达一句话
　到烟霭外的人家。

琵琶呀伴我的琵琶：
记得当初被选入京华，
　常对着南天悲咤；
那知道如今去朝远嫁，
　望昭阳又是天涯。

琵琶呀伴我的琵琶：
你瞧太阳落下了平沙；
　夜风在荒野上发，
与一片马嘶声相应答，
　远方响动了胡笳。

十五，三，二七。

还　乡

1

暮秋的田野上照着斜阳，
长的人影移过道路中央；
干枯了的叶子风中叹息，
飘落上还乡人旧的军装。

哇的一只乌鸦飞过人头；
鸦雏正在那边树上啁啾，
他们说是巢温，食粮也有，
为何父亲还在外面漂流？

金星与白烟向灶突上腾，
屋中响着一片菜的声音，
饭的浓香喷出大门之外；
看着家的妇女正等归人。

他的前头走来一个牧童，
牵着水牛行过道路当中，
牧童瞧见他时，一半害怕，
一半好奇似的睁大双瞳。

他想起当初的年少儿郎，
弯弓跑马，真是意气扬扬；
他们投军，一同去到关外，
都化成了白骨死在边疆。

一个庄家在他身侧过去，
面庞之上呈着一团乐趣；
瞧见他的时候却皱起眉，
拿敌视的眼光向他紧觑。

这也难怪：二十年前的他
瞧见兵的时候不也咬牙？

好在明天里面他就脱下，
脱下了军服来重做庄家。

青色的远峰间沉下太阳，
只有树梢挂着一线红光；
暮烟泛滥平了谷中，田上；
虫的声音叫得游子心伤。

看哪，一棵白杨到了眼前，
一圈土墙围在树的下边；
虽说大门还是朝着他闭，
欢欣已经涨满他的心田。

他想母亲正在对着孤灯，
眼望灯花心念远行的人；
父亲正在瞧着茶叶的梗，
说是今天会有贵客登门。

他记起过门才半月的妻，

记起别离时候她的悲啼；
说不定她如今正在奇怪，
为何今天尽是跳着眼皮。

想到这里时候一片心慌，
悲喜同时泛进他的胸膛，
他已经瞧不见眼前的路，
二十年的泪呀落下眼眶！

十五，四，十一。

歌

谁见过黄瘦的花
　累累结成硕果？
池沼中只有鱼虾。
　不是藏蛟之所。
人不曾有过青春，
　像花开，不盛，
　像水长，不深，
不要想丰富的秋分！
太阳射下了金光，
　照着花开满地；
春雨洒上了新秧，
　田中一片绿意。
培养生命要爱情；
　它比水还润，
　比日光还温，
沾着它的无不茂生。

哭　城

内战事实

他想爬上城楼，向了四方
瞧瞧可有生路能够逃亡，
但是他的四肢十分疲弱——
长城！他不如鸟雀在苍苍
　还能自在的飞翔。

他的身边已经没有余粮；
饿得紧时，便拿黄土填肠——
那有树皮吃得还算洪福——
长城！不要看他大腹郎当，
　看他的面黄肌瘦！

无边的原野上烤着炎阳，
没有一团树影能够遮藏；

1927年冬，诗人在美国劳伦斯大学读书时与友人柳无忌先生的住房。

1927年9月，经过20余天、两万余里的海上航行，朱湘一行抵达劳伦斯大学。入校第一学期，朱湘就选修了五门课程：拉丁文、法文、古英文、丁尼生研究和英国浪漫运动研究。朱湘除了每周要上课17小时外，便是一天到晚的读书，平均每日读8个小时，晚间还要抽出一至二个钟点译诗。但由于两件小事，这位倔强的诗人在剩两个月即可毕业时转去了芝加哥大学。

等太阳在你的西头落下，
长城！那北风接着又猖狂，
　连你都无法提防。

筑城的人已经辛苦备尝，
筑城人的子孙又在遭殃……
你看罢，等我们一齐死尽，
长城！那时候你独立边疆，
　看谁来陪伴凄凉！

如今你看不见李广摇缰，
看不见哥舒的旗旆飘扬——
与其后来看见胡人入塞，
长城！你还不如倒下山冈，
　连我也葬在中央……

恳　求

天河明亮在杨柳梢头，
隔断了相思的织女，牵牛；
　　不料我们聚首，
　女郎呀，你还要含羞……
好，你且含羞；
一旦间我们也阻隔河流，
　那时候
要重逢你也无由！
你不能怪我热情沸腾；
只能怪你自家生得迷人。
　你的温柔口吻，
女郎呀，可以让风亲，
　　　　树影往来亲。
唯独在我挨上前的时辰，
　　低声问，

你偏是摇手频频。

马缨在夏夜喷吐芬芳，
那浓郁有如渍汗的肌香，
　　连月姊都心痒，
女郎呀，你看她疾翔，
　向情人疾翔——
谁料你还不如月里孤孀，
　　今晚上
　你竟将回去空房！

洋

瀑布只知喧嚣它的长舌；
湖泽迂滞；小河跳过白沙，
浅才及绿氤氲下的竹爪；
大江，似蛟，挟石冲下雪山，
穿镗鞳作声的暗洞，深穴，
乱山中撞开一峡，到平原，
宽广，舒徐的始流入东海——
唯有，洋！终古你面对碧空，
挟南极雪岭冰峰下的水，
辉映着棕榈，鳄鱼的炎阳，
在北斗光中扇白风凌乱。
你吞有天下之半而无声；
紫浪，雍容的，涵养十万里。
当鳌掉尾在百纪梦回时，

大地惊颤，张开口吻无底，
将胆色之涎，将赤焰狂喷——
但是你无损。你流览鲸树
吐发着珠花以为乐；珊瑚
林木般茂生在你的山，岛——
帝王家一茎已为宝，真穷；
还有珍珠斗大，莹圆似月，
悬在龙宫；宫前来往星鱼……
谁料到，你竟能包罗珍怪
在连天一碧中？更足惊奇，
你胸藏有太古来的秘密——
曾在共工断柱时你窥天
得其玄秘；及后女娲补罅
以肖七色虹的彩石，她思
启示地子以开辟之奥义，
乃日留金孔，银的在夜间，
雷雨时，画蝌蚪形的文字……
终惜地子目弱不能穿光，
愚蒙又不识字；茫茫万载，

解宇宙之谜的竟无其人。
洋！唯你认识天国之璀璨；
风，雷，水，火的变化与循环；
地之运周；生命有何归宿……
我愿，在乌云幕遮起太空，
人间世只听到鼾呼时候，
伴你无眠，潜行峭壁危岩，
听你广长舌的潮音自语！

泛　海

我要乘船舶高航
　在这汪洋——
　看浪花丛簇
　似白鸥升没，
看波澜似龙脊低昂；
　还有鲸雏
戏洪涛跳掷癫狂。

我要操一叶扁舟
　海底穷搜——
　水黄如金屋，
　就中藏宝物；
水蔚蓝蕴碧玉青璆；
　沫溅珍珠；

诗人留美期间在租赁的房屋中。

1929年3月，朱湘转入俄亥俄大学。在异乡的留学生涯中，除了离家的苦恋和生活的贫困，更让他不能忍受的是无端的屈辱和种族歧视。他在给罗念生的心中说："我若是早知道中国最近这三十年最需要的是实科人才，我如今绝不会在这里学文学的。"或许就是因为这种心境，朱湘接受武汉大学任教的邀请，1929年9月，踏上了回国的旅途。

耀珊瑚日落西流。

我要拿大海为家——
　月放灯花；
　碧落为营幕，
　流苏缀星宿；
绡帐前龙女拨琵琶，
　酾酒高呼，
任天风播入无涯！

扪　心

唯有夜半，
人间世皆已入睡的时光，
我才能与心相对，
把人人我我悉数端详。

白昼为虚伪所主管，
那时，心睡了，
在世间我只是一个聋盲；
那时，我走的道路
都任随着环境主张。

人声扰攘，
不如这一两声狗叫汪汪——
至少它不会可亲反杀，

想诅咒时却满口褒扬！

最可悲的是
众生已把虚伪遗忘；
他们忘了台下有人牵线，
自家是傀儡登场，
笑，啼都是环境在撮弄，
并非发自他的胸膛。

这一番体悟
我自家不要也遗忘……
听，那邻人在呓语；
他又何尝不曾梦到？
只是醒来时便抛去一旁！

幸 福

幸福呀，在这人间
向不曾见你显过容颜……
　唯有苦辛时候，
无忧的往日在心上回甜，
　你才露出真面，
说，无忧便是洪福——
等你说了时，又遮起轻烟。

　有时我远望天边，
向希望之星挣扎而前；
　一路自欣自喜，
任欺人的想象幻出凡间
　所无有的美满……
　到了时，只闻恶鸟

在荒郊里笑我行路三千!

　何必将寿命俄延,
倘若无幸福贮在来年?
　不过,未来之谜
内中究竟藏了什么新鲜,
　有谁不想瞧见?
　因此我一天有气,
一天也不肯闭起眼长眠。

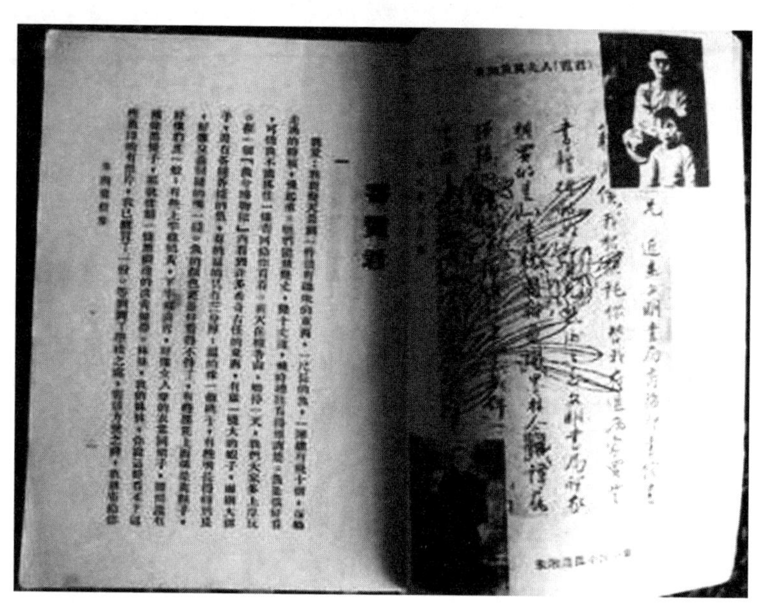

朱湘致刘霓君的《海外寄霓君》。

朱湘在美国期间写了90多篇的情书借以思念他的妻子，从称呼“霓妹、我的爱妻”中就自然流露着对妻子的深情。相隔千里，鸿雁传书，他们之间的爱情令人心生羡慕。也因为如此，这本书与鲁迅致许广平的《两地书》，徐志摩致陆小曼的《爱眉札记》，沈从文致张兆和的《湘竹书简》，共同记录了那个年代纯粹简单的爱情，被称为四大情书经典。

镜　子

美丽拿装束卸下了，镜子
　知道它是真的呢还是谎；
对着灵魂，它照见了真相，
照不见善，恶——人造的名词。

不响，成天里它只是深思
　又深思……平坦在它的面上，
　以及冷静，明白；不见往常
那些幻影，与它们的美，疵。

动与静

在海滩上，你嘴亲了嘴以后，
便返身踏上船去开始浪游；
你说，要心靠牢了跳荡的心，
还有二十五年我须当等候。

热带的繁华与寒带的幽谧，
无穷的嬗递着，虽是慰枯寂——
你所要寻求的并不是这些；
抓到了爱，你的浪游才完毕。

在回忆中我消磨我的岁月；
火烧着你的形影，多么热烈！
不必寻求，你便是我的爱神；
供奉，祈祷他，便是我的事业。

风推着树

风推着树。
　像冬天
一片波涛
　在崖前。

吼声愈大。
　树愈傲——
风推不断
　质地牢。

枝干盘曲
　像图画……
寒带正是
　它的家。

雨

唯有从内地来的到如今
才看见“虹”。

　　　　　　正式的在落雨。
为了买皮鞋油的缘故，我
走过去了四川路桥。

　　　　　　　　　车辆
形成的墙边，有竹篱围着
一片空地；公司竖了木牌，
指明新屋所移去的地点。

没有尾声的喇叭唤过去。
雨落上车顶，落上千佛岩

一般的大厦。它没有沾湿
那扭腰身的“贾四”；那灯光
也仍旧贴了白磁在蜷卧。
如今已是七年了……梅怎样?
那一套新衣裳总该湿了……

在安徽大学任教时的诗人朱湘（1932年）。

回国后，朱湘放弃了国立武汉大学的教职，去了安徽大学做外国文学系主任，并将寄居在长沙的霓君母子接来同住。这次选择使朱湘在一段时间内获得了优渥的物质生活，但并未维持许久。1932年春天，朱湘再次迎来物质上的危机，夫妻失和的孤独和失去幼子的哀伤，让他陷入痛苦，就如他《回甘》所描述的那样："甜美的韵光已逝东流，/剩一丝余味袅袅心头；/在深夜残梦的时候，/用回甘的怅惘恨慰我清愁。"最终在朱湘没有接到下一学期的聘书后，离开了安徽大学。

夜　歌

唱一支古旧，古旧的歌……
　朦胧的，在月下，
回忆，苍白着，远望天边
不知何处的家……

说一句悄然，悄然的话……
　有如漂泊的风，
不知怎么来的，在耳语，
　对了草原的梦……

落一滴迟缓，迟缓的泪……
　与露珠一样冷，
在衣襟上，心坎上，不知
何时落的，无声……

春 歌

不声不响的认输了，冬神
收敛了阴霾，休歇了凶狠……
　嘈嘈的，鸟儿在喧闹——
一个阳春哪，要一个阳春！

冰面上已经笑起了一涡纹；
已经有蜜蜂屡次来追问……
　昂昂的，花枝在瞻望——
一片瑞春哪，等一片瑞春！

好像是飞蛾在焰上成群。
剽疾的情感回旋得要晕……
　纠纠的，人心在颤抖——
一次青春哪，过一次青春！

圂兜儿（节选）

脚踏淤泥我眼睛望天……
明明也知道它是大气，
并没有泥鳅扭在里边，
　没有荸荠。

栽秧的农人脚踏淤泥，
口里唱秧歌多么欢喜……
　眼睛望天，
汗珠滴进了眼眶里面。

眼睛望天我脚踏污泥……
　好比黑漆，
那夜云堆得多么严密，
不见有星光一点半滴，

　眼睛望天，
我设想有星躲在云里……
虽说它黑得好比淤泥。

十四行英体（节选）

或者要污泥才开得出花；
或者要粪土才种得成菜；
或者孔雀，车轮蝶与斑马
离不了瘴疠滃然的热带；
或者泰山必得包藏凶恶；
或者并非纯洁的那瀑布；
或者那变化万千的日落；
便没有，如其并没有尘土；
或者没有兽欲便没有人；
或者，由原始人所住的洞，
如其没有痛苦，饥饿，寒冷，
便没有文化针刺入天空……
或者，世上如其没有折磨，
诗人便唱不出他的新歌。

朱湘与妻子刘霓君在安庆合影。

朱湘离开安庆后，去往武汉、北京等地找工作，都没有结果。无奈之下，朱湘回到了长沙，可此时跟丈夫赌气的霓君却在汉口，让他扑了一个空。1932年12月至1933年2月，朱湘在长沙度过了一段相对平和的日子，但是他不甘就此沉沦，1933年初春再次出游，开始了被他称作“汗漫游”的最后的漂泊。自从朱湘离家，霓君就一直紧紧追寻，最后终于在上海夫妇相聚，朱湘对霓君耐心体贴，就如霓君所说：“这次久别重逢，他待我特别的好。”但没有料到的是，这竟是最后的诀别。

十四行英体（节选）

我的诗神！“愚夫听到我叫你，
都以为你是活的，生在世上——
我不也成了愚夫，如其费力
说你并不在人世，地狱，天堂？”
我的诗神！我弃了世界，世界
也弃了我；在这紧急的关头，
你却没有冷，反而更亲热些，
给我诗，鼓我的气，替我消忧。
我的诗神！这样你也是应该——
看一看我的牺牲罢，那么多！
醒，睡与动，静，就只有你在怀；
为了你，我牺牲一切，牺牲我！
全是自取的；我决不发怨声，
我也不夸，我爱你，我的诗神！

寻

你可以寻遍天堂，
从日生的时候寻到日死：
还燃起白烛夜中去寻觅——
你决不会寻到一种东西，
　　　假君子！

你可以游遍阴曹，
看火油的锅里千人惨死；
这些鬼魂，无论多么叛逆，
他们总远强似一种东西，
　　　假君子！

民　意

与空气一般，无从捉摸；
亦不知抵抗，
远望去是一片青，落落
　　展开在天上……

狎弄它的要提防暴风
　　　来号令一切，
凭它得到的权势兴隆，
　　　随了它毁灭。

（《诗与散文》，第三期）

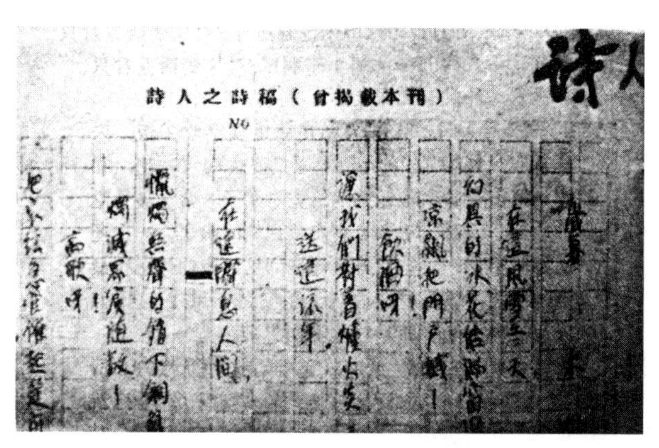

诗人生前最后发表的《岁暮》一诗手稿。

1933年12月5日凌晨，朱湘纵身跃入滚滚而逝的江流之中，结束了自己的生命。没过几日，刘霓君收到了吉和轮账房先生写来的短信："本月四日有一客，买三等船票，从上海到南京，讵于次日（五）凌晨六时投江。急放救生船捞救，已无踪影。遗有皮箱一，夹袍一件。夹袍内藏有一信，方知死者名朱子沅，内有贵处地名，故特函来报。"朱湘年轻生命的陨落很快震惊了文坛，柳无忌在悼词中说："子沅自杀的消息，如打雷一般，深深地震动了我的心。"

戍 卒

边关绿草被西风一夜吹黄，
戈壁的平沙连天铺起浓霜，
冷气悄无声将云逐过穹苍——
　　我披起冬裳，
　不觉想到家乡。

家乡现在是田中弥漫禾香，
闪动的镰刀似蚕食过青桑，
朱红的柿子累累叶底深藏，
　　鸡雏在谷场，
　噪着争拾余粮。

灯檠光似豆照她坐在机旁，
一丝丝的黑影在墙上奔忙，

秋虫畏冷倚墙根切切凄伤。
　儿子卧空床
梦中时唤爷娘。

一声雁叫拖曳过寒冷关荒，
他携侣呼朋同去暖的南方，
在絮白芦花之内偃卧常羊。
　独留我徊徨
在这萧索边疆。

今　宵

今宵是桂的中秋：
明月光照在清流。
原野间鸟声止奏，
剩寒蛩呜咽抒愁。

媚阳春一去不还，
色与香从此阑珊——
再不要登高望远，
万里中只见秋山！

不如趁皓月当头，
与嫦娥竟夕淹留。
莲蓬作杯子饮酒，
送归鸿飞过山陬。

九，二〇。

（《诗歌月报》）

朱湘先生遗像。

诗人之死被赋予了多重含义，苏雪林曾说：“生命于我们虽然宝贵，比起艺术却又不值什么……我仿佛看见诗人悬崖撒手之顷，顶上晕着一道金色灿烂的圣者的圆光，有说不出的庄严，说不出的瑰丽。”

呼

谁能压得住火山不爆?
就是岩石也无法提防
　　它取道
　　去寻太阳。
挡不住劲风,
也不能叫松;
要北风怒号,
才会有松涛,
　澎湃过
黑云与紫电的长空

一九二六,十,二十一。
(《人世间》第十一期)

慰元度

贫苦的文人两手空空，
剩一点柔情揣在当胸。
命运那强徒忒是不公，
这点爱情于他并无用，
　都被劫林中。

朋友，那地方能息游踪?
我与你高歌阮籍途穷。
在夕阳道上同蹈斜红，
让西风卷起心头悲痛，
　乱洒进苍穹!

十一，卅。
(《人世间》第四期)

夏 夜

惺忪的月亮微睨着夜神，
林木悄然而卧不动分文。
远田内有群蛙高声笑乐，
叶底的萤光一瞥目传情。

十九，五，十五。

白

白的衣衫，白的圆臂膀，
　你们多么可爱！
我要打开窗子去搂抱，
　又怕寒冷相灾。

白的剪秋罗，白的玫瑰，
　你们多么清洁！
取一枝我想伸出手来，
可惜沾了煤屑。

因为陪伴我的只有寒冷，
那柔和的温暖更教我狂；
坑陷在没有出息的溷恶，
我更歆羡着那洁净，芬芳。

但是，拨动起寒灰最苦恼；
那已死的情绪，让它安息！
我也是一个人，需要安宁，
甚于热烈，而痛苦的希冀。

让我们说别了，白色的花，
　白色的双手——
像笛声响起了，船舶他去，
　车也不回头。

（《青年界》四卷一号）

刘霓君和朱湘遗孤子小沅、女小东（1935年）。

朱湘死后，妻子霓君削发为尼，后曾辗转漂泊于四川、贵州等地，最后定居于云南昆明，于1974年病逝。小沅在解放后参加工作，后因病于1978年辞世。女儿小东因患病得不到治疗，被截肢成为残疾，生活艰辛。

乞　丐

尺深的白雪棉絮一般，
他在龛桌下更觉森寒。
破庙无人任风吹雨打，
佛像的眼梢泪渍斑斓。
　不独人间有贫贱富贵，
　神道的时运也分顺背。

遮寒的稻草加厚一层，
身边却少了一个亲人。
三十年患难帮我驮过，
黄泉路上倒让你孤行。
　来生为畜都莫叹命坏，
　只要不投胎重做乞丐。

有人在门外踏过中途，

肩扛着半爿雪白肥猪。
他想起炖肉浓香四散，
透红的皮与蜜枣无殊。
　远处依稀的放着鞭炮，
　谁不在迎接新年来到？

（《诗歌月报》）

岁　暮

在这风雪冬天，
幻异的冰花结满窗沿，
凉飙把门户撼——
饮酒呀！
让我们，对着炉火炎炎，
送这流年！
在这瞬息人间，
蜡烛无声的销下铜签，
烛灭众宾随散——
高歌呀！
把哀弦急管催起筵前，
消这愁煎！

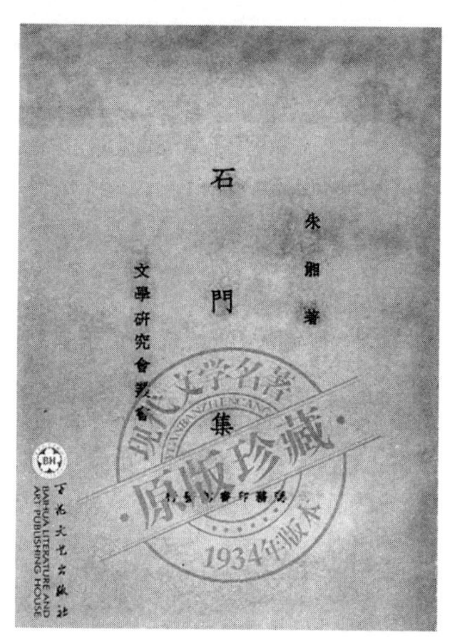

1934年商务印书馆出版的《石门集》。

诗集在诗人死后出版。此集多用西洋的诗体和格律来抒发情感，而其所收的70余首十四行体诗，被称为是他诗集中“最有价值的一部分”（柳无忌《朱湘的十四行诗》）。朱湘的生命随不息的江流漂泊而去，但也将随永恒的江流回荡在人们的心间，一代一代的后来者，也将捧读经典，缅怀这位诗人的不朽和英明。

朗读者

扫描
二维码
倾听
王杨为你
读诗

张开口，用方言、普通话，或者其他语言，一起读诗，发出内心最朴素的声音……

选读诗篇：
等了许久的春天
摇蓝歌
有一座坟墓
葬我

诗 抄

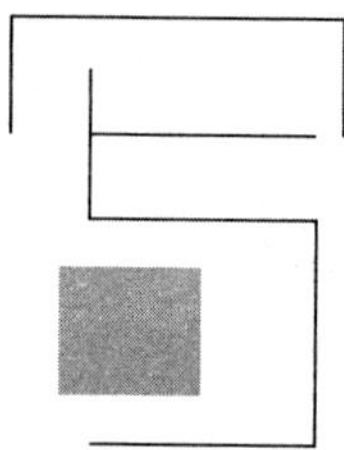

动动手，为自己、为他人、为内心写首诗吧！

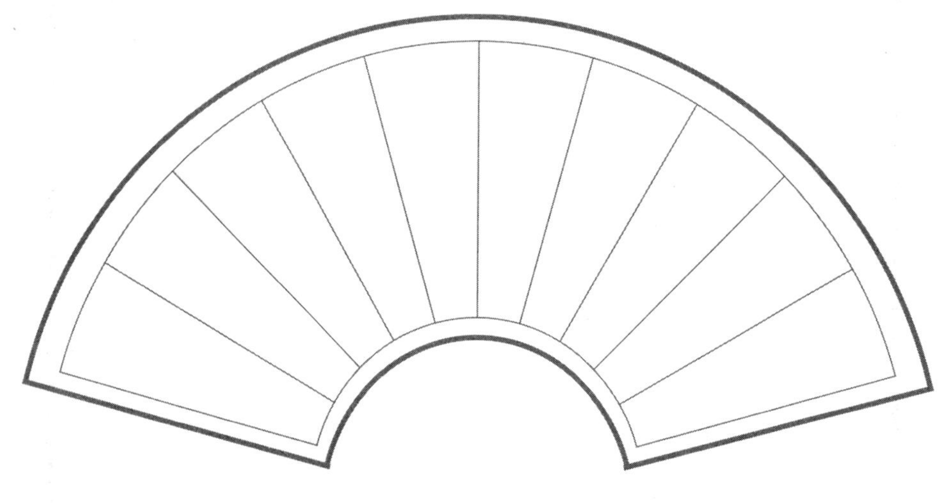

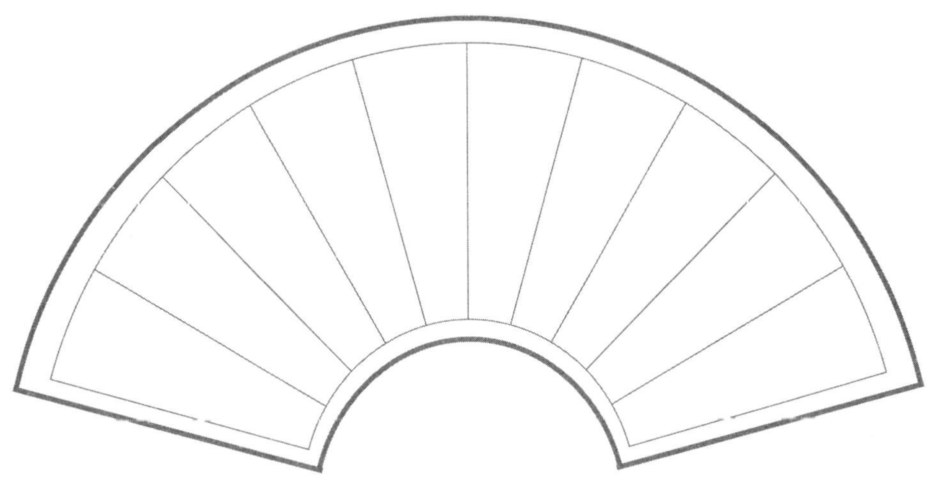

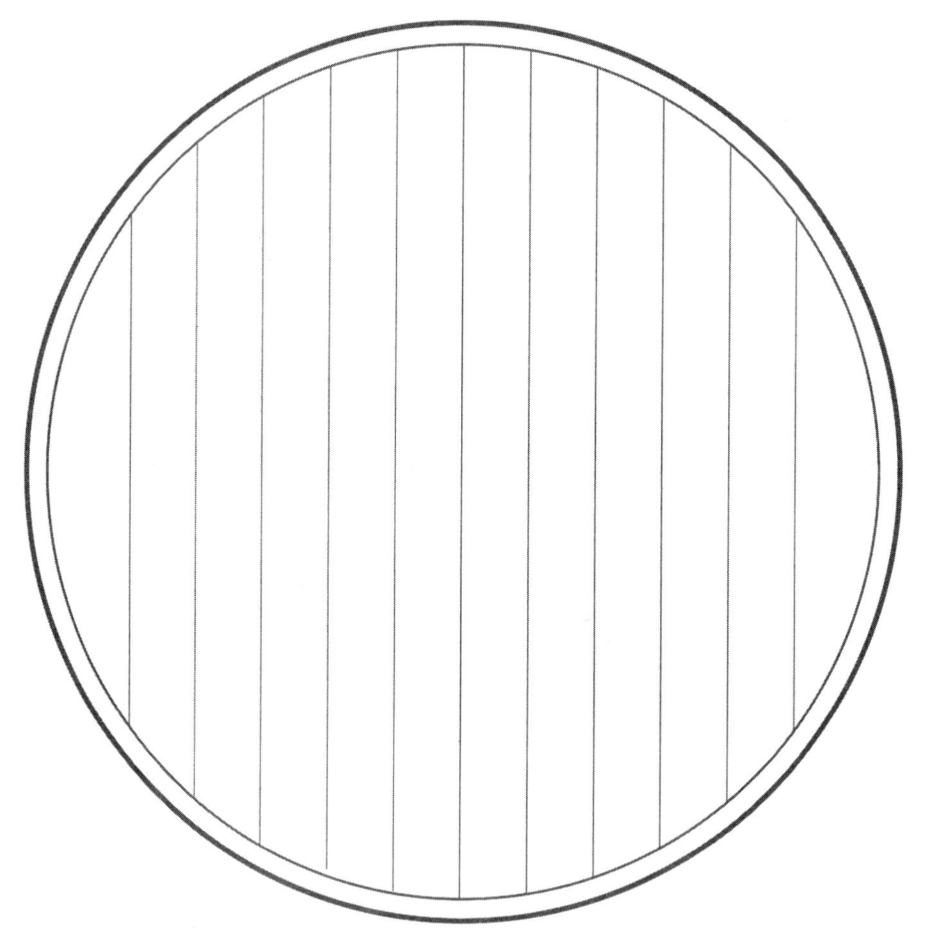

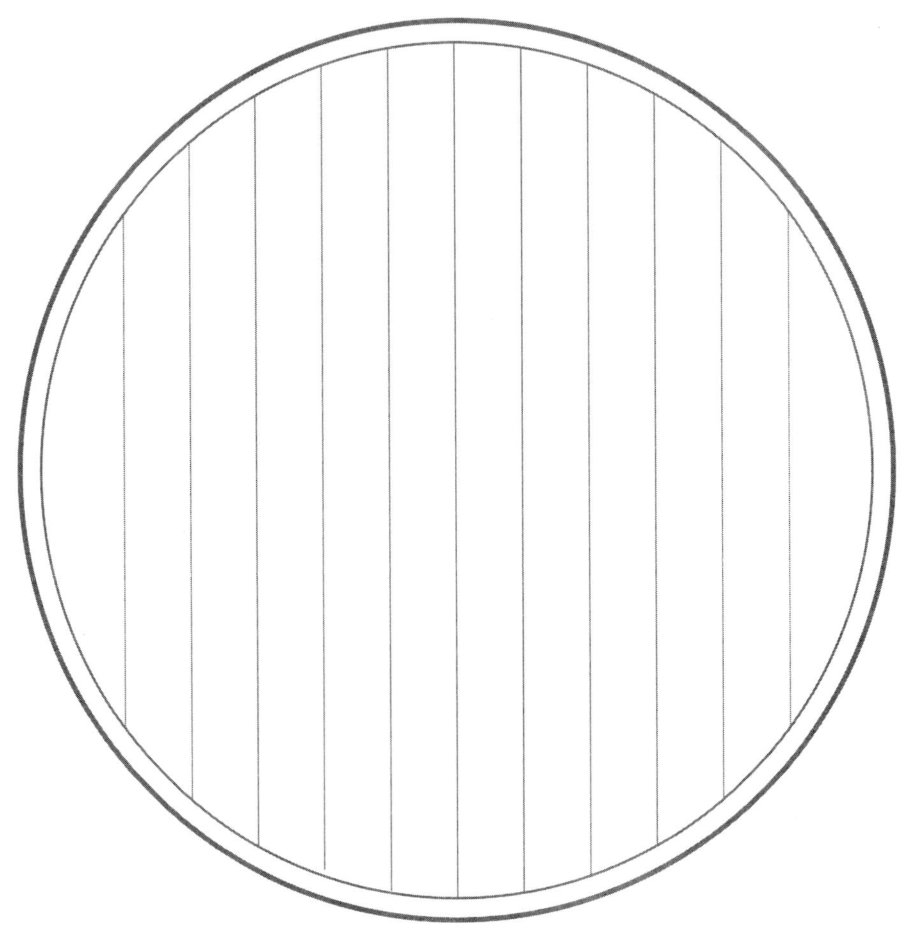

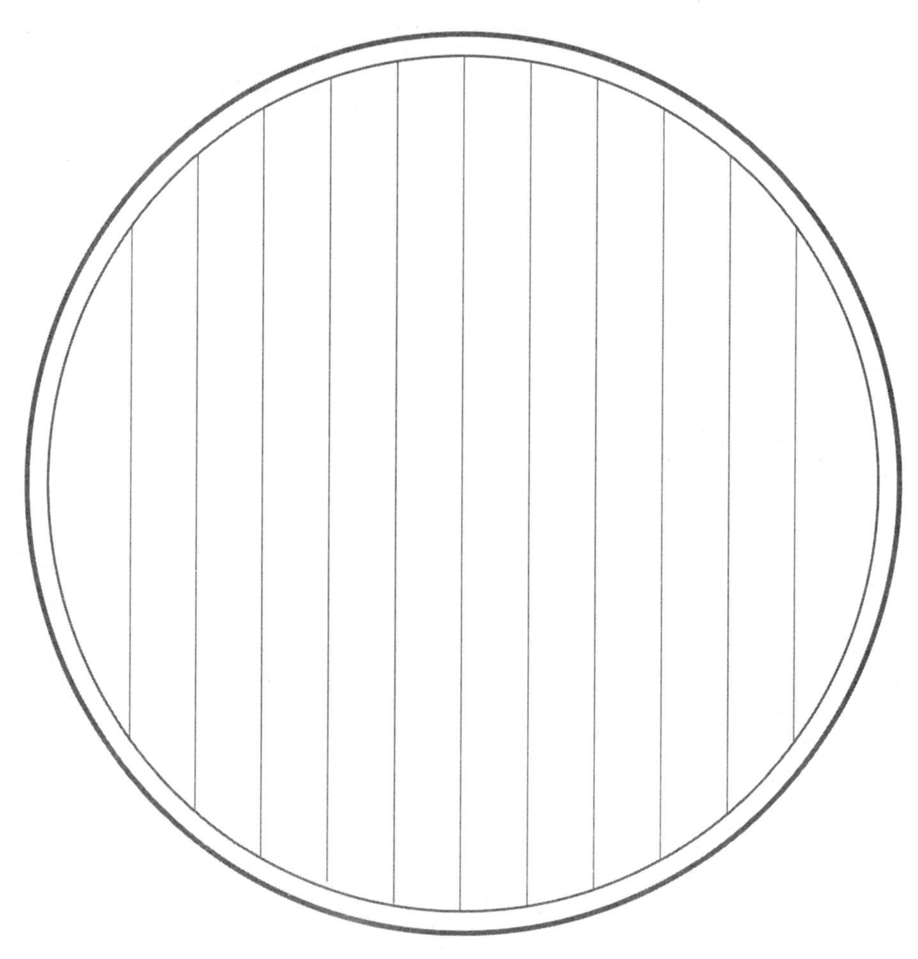